水のなかの蛍光体

岸田裕史

思潮社

水のなかの蛍光体

岸田裕史

思潮社

装幀＝思潮社装幀室

目次

I

Ⅱ

Ⅲ

水のなかの蛍光体

I

森のシンクロトロン

森のなかで
渓流の水をすくいあげ
水酸化アンモニウムをたらして飲みほす
ああ　なんて苦い水なのだろう
瞼を閉じると身体が浮きあがり
ブナの巨木に吊るされたまま眠りに落ちてしまう

風が吹きぬけてゆく樹林のすき間から
放射光を照射されると
棘が刺さるような痛みが走る

おそらく網膜も薄くなり
何もかも見えなくなっているのかもしれない
風にあおられ
森のシンクロトロンも揺れている
ゆらり　ゆらり
薄くスライスされた皮膚がみるみる剝がされてゆく
薄い皮膚が風に吹かれて舞い上がるたびに
リンパ液がしたたり落ち森のしじまに溶け込んでゆく
寒さに打ちのめされる首筋
森のなかはすこしずつ重さを増し
なにか黒いものに覆われている
枯れ枝が頬に触れるたびに水銀が吹きこぼれる
そのしずくを舐めると
また皮膚のスライスがはじまる
繰りかえし　繰りかえし

表皮がめくられ神経繊維が見えはじめる
挿入光電のビームラインをたどると
ようやく白い骨が見えはじめる

もうこのあたりがスライスの限界かもしれない
暗い濃度勾配から転げ落ち
身体が浮いたまま渓流に流されてしまう
そこに放射光をあてられるとさらにスライスがすすむ
シンクロトロンも消え入るように衰弱してゆき
虚ろな森に終わりが近づいている

夜にゆすられ

とりかえしのつかないことをしてしまい
この村から草木の船に乗り
夜の海へ逃げ出すことにした
今なら誰からも追いかけられず
走査線も見えなくなるので逃げきれると教えられた
暗い川を下りながら
思いを込めて育ててきたソリトンを捨て
しがらみを捨て
ひとりでマイクロ波のなかを漂うことにした

ああ　いいなあ
限界をこえてスキルミオンが渦をまき
パラジウムの薄い皮膜を破いている
冷たい風がこの村の
緻密に組み上げられた極性配列を崩してくれる
もうこの村に思い残すことはなにもない
しばらくは　夜に揺られて
洗堰をこえれば誰も追いかけてくる者はいなくなるはずだ
蛍のような磁性体が葦原にひろがり
暗い川面を照らしている
この小さな灯りだけが逃げ水の助けになる
川のしぶきに洗われ
いままでの羞恥もなにもかも全てが流されてゆく
この村にいても
捨てられることになっている自分

そのことに気がつき　悪戯を責めつづけてきたが
あまりにも逃げ出すのが遅すぎた

あれはなんだろう
夜空に映しだされたサイクロイド曲線がゆがんでいる
マイクロ波が首筋をかすめ
そのままどこかへ消えてゆく
この草木の船はあまりにもせつなすぎる
いや　これでいいのだ
遠くの方に河口の鉄塔が見えてきた
もう少しで誰もいない夜の海に逃げ出すことができる

肉腫

本当に治癒するのかわからないまま
肝臓をターンテーブルに載せ
傷をつけないようにマイクロ波を浴びせる
水分を振動させて肝臓の血をかきまぜ
熱がさめても　また加熱され
赤いヘモグロビンの垂れ流しがつづく

乳白色の気泡がまざりあい
ぬかるむ溶媒の動きが鈍っている
濡れた指先で血管を覆う細胞をたどり

膨らみはじめた突起の先端をつまむ
刺すような痛みがはしり
腹膜のすき間から負荷性モーディングが見えている
腐るほど重たくなる肝臓
その臭いを嗅ぐと治療室が薄暗く揺れる
濁り水に硫化水素をまぜ
まだ生きている肝臓にそそぐ
しばらくすると細胞膜が溶かされてゆき
やわらかくなった肉腫も崩れてゆく

今なら　それほどの痛みも無い
くたびれた腹腔動脈に肉腫が寄りそい
血の流れを止めているようだ
それでもまだターンテーブルの裏側には
生き物のぬくもりが残っている

もうこのあたりで終わりにしたいと思い
シャーレから落ちた肉片を口もとへはこぶ
生臭いぬめりを呑み込み
別の肝臓をターンテーブルに載せる

病室の鏡

ここ何日も身体を横たえている
なにもする気がおこらず
たまに歩くとふらついてしまう
脳脊髄液の流速が低下しているかもしれない
少しずつ内腔拡大がすすみ
あれほど好きであった詩の言葉を忘れてしまう
そのあと　気がつけば失禁している

先生　お願いします
日々薄れてゆく記憶の喪失を止めてください

造影剤を入射されると
部屋のなかに石を積み上げた河原が出現します
老木から小学生が顔をだし
煙草をふかしています

身体をおこしてガドリニウムを飲み
シリンジポンプから吐きだされた薬液を浴びる
遠くのほうで
流された男が流された女を引き留めている
ああ　このラベリングからすれば
脳脊髄液が滞留しているのかもしれない

先生　はやくTime-SLIPの流速測定をおこない
動画像を数値化してください
足もとから小さな虫が群れをなして這いあがり

ズボンのなかを動きまわっています

まっすぐ歩こうとして首をひねると
顔の神経がきしむ　膝の震えが止まらない
吐き気をこらえながら
先生が手招きをしている病室の鏡に声をかける

桃の花

青い沼の　あのゲートの向こうから女に手招きをされて
転げ落ちるように水のなかに身を沈めた
水底のドリフト層はミズアオイにおおわれて冷たく
手招きをしている女もそこにたたずんでいた

アア　クリコ
リスナア　カオル

私はこの女がなにを話しているのかわからないまま
使い古したメールアドレスを交換した

しばらくすると画像が届き
そこには　この女に手を添えられ
鉄棒にぶら下がる私の古写真が表示されていた
電流でセピア色を洗い流すと古写真が動きはじめ
この女は微笑みながら私に逆上がりを教えていた
こんな沼の底に
歳をとらず美白のまま私を誘う女がいたのか
水が冷たく　言葉が通じないので
私は桃の花のリソグラフィを送り返した
するとインスタグラムに彩られた私の幼い顔がまた届いた
水中でそんなことを繰りかえしているうちに
おそらく十年の歳月がながれ
私はもうこの世に戻る必要もなく水底で暮らすことにした
疲れたら眠るだけの日々に苦しみはなく
許容電流の流れにまかせて画像の装飾にあけくれた

送られてくるモノクロームの画像は
この女とともに過ごした私の幼いころの古写真ばかりで
いつしか私は桃の花を送ることをやめてしまった

キキレ　ワレ
カメナリ　オリリ

あるとき意味のわからないメッセージが届いたので
いままで送られてきた古写真をつぶさに見なおしてみた
そこには女の姿はどこにも写っておらず
青い沼で遊ぶ私の幼い姿だけが写っていた
そんなことはありえない　あるはずがない
私の目の前で
あの手招きをする女が微笑んでおり
その横に桃の花を持つ幼い私が立っている　だから

これからも生きのびて欲しい　手招きをする女と私の桃の花が

あの沼のほとり

この狭い円錐形のなかに押し込まれて
どれほどの古い記憶が失われてしまったのか
バリアのすき間から
微量のパルスが漏れている
その淡い光もほとんど見えなくなってしまった
首筋が冷たくなるほど減衰がすすみ
高温プラズマを保持する磁場の限界が近づいている
ここに閉じ込められたまま　誰にも気づかれず
あの沼のほとりに捨てられるかもしれない

あの沼は電磁誘導体にかこまれた谷間にあった
生き物のいないゆらめき
そこに　ただの無機物として捨てられる
遠いむかし　一度だけ
あの沼のほとりにたどり着いたことがあった
湧き水の奥深く
電離層の割れ目に小さな波紋が広がっていた
もう忘れかけていたが　あのとき
ぬるりと制御されたサイクロトロンに身をひたし
二人で落ちてゆく中性子を見つめていた
垂直に落下するイオンの粒が水面にひろがり
二人の影をうつしていた
ひとつの影は裏声になり
もうひとつの影は沼の底へ沈んでいった

それから目をさまして眠るまで
隠れるように時間が過ぎていった
高圧ガスに締めつけられた円錐形のなかで
電流が流れるたびに
黒い旗をはためかせていた記憶もうすれ
わずかに残された思いも　何もかも
収縮を繰りかえしていくうちに消えてしまう

水のなかの蛍光体

青白い光が手のひらからこぼれ落ち
水のなかへ消えてゆく
糸をひき見えなくなってしまうユーロピウム
この波長にふれると
光のゆくえを見失ってしまう

ハミルトニアンの膜がひらき
そのすき間に水銀イオンをたらしこむ
軟らかい粒子も溶けてゆき
クラスタから相聞の光がもれている

戻れ　戻れ　とよびかけても
それはかなわぬこと
向きあっていた燐光結晶体も捨てられる

遠くのほうからウランにまとわりつかれ
水のなかに身をひそめる
このまま消えてしまいたいと思い
落ちてゆく光のスピンドル回転を見つめる
あんなに奇麗なまま
落ちていければ苦しむことはないだろう
耳を澄ますと
水底からトランペットを奏でる音が聞こえてくる

あの青白い蛍光体はどこに消えたのか
水のなかにエチレンをたらし

プリズムから放たれる光を屈折させる
冷たくゆらめく水の花
しばらくすると
無数の蛍光体がトパーズのように吹きあがり
水のなかが青白く染まる

夜の森へ

あの幻燈のようなゆらめきに魅せられ
引きこまれるように雨のなかを歩きはじめた
灯りがあまりにも遠くに見えて
行くか戻るか　迷いながら
微弱な電磁波をたよりに森のなかへ入っていった
雨に流されたゆらめきの行方はわかりにくく
暗い道筋に腐葉土が敷きつめられ
もう帰ろうか思い振り向くと
雨に煙る欅の先から青いゆらめきが漏れていた
そのやわらかい色合いにふれたとき

森のなかへ落ちていくしかないと知らされた

雨の夜空に森の影がひろがり
冷たい地面は暖かい灯りを待ちつづけている
森の奥には　また森がつづき
その奥に青いゆらめきが残されているはずだ
この先のどこかに
濡れて滑りやすい谷間がひろがり
チタニウムの斜面が待ちうけている
枯れ木に腰をかけるとまどろみに襲われ
目を閉じたまま身体を沈めたくなる
ここで気を許すと
自分の切れはしが滑落してゆく怖さがある

夜の森に系統崩壊が近づいている

あの幻燈のようなゆらめきにたどり着くのは
もう無理かもしれない
雨にうたれて冷たくなったガリウムシートを広げ
太い雑木を首にあてがう
大きな幹に身をよせれば地に足がつき
我を忘れることはない
もう一度　森のなかへ発光ダイオードを照射し
雨に流されたゆらめきの行方をさがす

雨の四月に

赤いリンのしずくに打たれて
堤防を歩く女が川のなかへすべり落ち
加水分解反応をおこして燃えあがる姿を見た
その身が岩場へ落ちてゆくあいだに
黒い煙がたちのぼり
川面が樹脂の焦げた臭いにつつまれてゆく
この春先の雨の日に
あの女は無味無臭の五酸化リンに変容した

いや　そうではない

あの女のぬけがらは桜の根もとに横たわり
ねばりつくグリセリンにまみれていた
かすかに開いた口もとから
霧のようなエタノールを吐きだし
何かを求めるようなまなざしで
桜の老木にたたずむスワンの翼を見つめていた
羽をやすめ　目を潤ませているスワンだけが
あの女の暗いよろこびを知っていた
リンのしずくが川面にひろがり
岸辺を赤く染めてゆく
スワンは桜から舞い降り
泣き声をあげながら
あの女のぬけがらに爪を立てていた

桜の老木は絶縁劣化のはてに花を咲かせる

濡れた桜が堤防まで垂れさがり
スワンの姿を隠していた
その尖ったくちばしで
あの女のぬけがらをついばみはじめると
真空チャンバーの水位が下がり
薄目をあけたぬけがらは川の底へ突き落とされる

水辺の空

葦原に生ぬるい風が吹き
腹をすかした老女たちが生き物を求めて
水辺を徘徊している
その一人が尻尾を跳ね上げると
ねっとりした波紋が広がり
軟らかい高分子の輪郭が崩れてゆく

老女たちは葦原の陰に隠れて
口から泡をふき
白い腹を見せながら笑っている

草むらがざわつくと
カラスに喉元を嚙み切られることを恐れて
我さきに寝ぐらへ帰ろうとする
はぐれてしまった一人はブロードビームをいやがり
沈みそうな小舟の裏側に身を潜める

葦原の茂みにニトロの廃液があふれ
水辺が濃紺に染まる
老女たちは首をもたげて水面を飛び跳ね
アンモニアのしぶきをあびる
皺だらけの皮膚に黒色腫がひろがり
白髪に覆われたうなじも浅黒く腫れている
ただれた粘膜など気にもとめず
ゆるりと首のつけ根を波間に浮かべ
メタノールで喉をうるおす

夕刻が近づき
あわてて魚のワタをついばむ老女たち
その一人に赤いレーザビームを照射する
腰をぬかして茂みにうずくまる泡のかたまり
眉間からグリセリンがこぼれ落ち
まわりが見えなくなっているようだ
それからどのくらい時間が過ぎていったのか
夕闇のガス圧力が増し
水辺の空は昏く垂れはじめている

水に咲く花

水のなかから手を伸ばし
軟らかい花びらをさわる
濡れた指先からケイ素がこぼれ落ち
花びらの膨らみをつかみそこねる
水ぎわをかきまわすと
電流がはね
花びらの膜に傷をつけてしまう
水に咲く花の影に隠れて
光の束はからみあい
クリプトンの電極が見えなくなる

浮遊する花びらの下から
流されそうなバイアスを見つけ
また水のなかへ戻す
水を吐いては
ひとかき　ふたかき
身体をねじると
うすいみどりに染められた浮草がもつれあう
体熱周波数もふらついているのか
桃色の神経が照らされ
淡い花びらに映しだされる

いま　息をとめれば
冷たい水にひきこまれ
うす暗いバッファ層まで沈んでしまう

もっと深いところで
なにか生き物が
落ちてくるのを待っているようだ
結晶ファイバーが切れてしまい
水面が暗く垂れはじめても
水に咲く花はゆらりと茎をくねらせている

逃げ水

渓流にそよぐ羊歯をかきわけ
水苔に足をとられながら
ようやく核融合原型炉の暗渠にたどり着いた
滑りやすい急斜面を登りつづけたので
クレゾールが汗とともにしたたり落ちる
あの電離層の尾根をこえるまでは
後ろを振りむいてはならない
足を止めると袖口から中性子がほとばしる

ふらふらとベリリウムのほのかな光をたよりに

尾根をめざして歩きはじめる
逃げ水はどこにあるのか
岩肌からトロイダルコイルの油が浸みだし
滑りやすい足もとを濡らしている
ここまでくればこの先の道筋はどうでもいい
少しでも遠くへ行きたいと思い
崩れかけたブランケットの細道をぬける
それからどのくらいウランを敷きつめた裏道を歩いたのか
この渓谷にトリチウムが放射されると
生きのびてきた草木も枯れ
無数の無縁仏が浮かびあがるかもしれない
そのあとをたどれば暗い路行になっていくはずだ
うかうかしていると
枯れ木にうしろ髪を引かれ
またもとの岩場に戻されてしまう

もう日暮れが近づいている
うっすらとたちこめるヘリウムガスのなかで
水の喪失におびえている時間はない
逃げ水を求めて
この渓谷に来たのが間違いだった
まだわずかに中性子が生きている
何としても　あの電離層までたどり着きたい
ここから逃げのびるために
クライオスタットの崖に向って歩きはじめる

生きて帰るまで

雨の降る夕刻
酸化物皮膜層の陰から
どんよりと重く
錆びた金属のような視線に見つめられる
切るか　刺すか
シェルナノ粒子がこぼれ落ちる
灰色の水素ガスが噴出し
目の前が蒼く染まる

冷たい雨の帯域からのがれ

被覆の淵までたどり着く
探しても　探しても
放射回路が見つからない
道に迷うと
酸化がはじまり
泥の窪みに沈んでしまう
雨と電流にうたれて
錆びついたコア回路がむきだしになり
配線の隙間から
ニュートリノが流されてゆく

あの視線はまだ私を許していない
生きて帰るまで
逃げ道をのこしてほしい
足もとの電位相がぬかるみ

身動きがとれない時間が過ぎてゆく
もうろうとした意識があるうちに
雨の裏側に身をひそめ
誰にも見つからないように息をころす

II

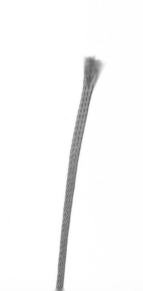

隅田川シートディスプレイ

春はあけぼの
薄膜トランジスタの表面をくねらせると
隅田川は弓なりになり
そこに表示された桜の老木もゆがみはじめる
表面を平らに戻すと
日本堤の桜を愛でる荷風の姿が浮かびあがる

　釣るしランプの火は絶えず動揺く。*

低い声でつぶやきながら桜の枝を折る荷風

うらぶれた荷風の負荷電子が隅田川に沈み
まだ汚れていないポリイミドフィルムの底に沈殿している
すぐそばの浄閑寺も川底に沈み
もたつく負荷電子と絡みあっているようだ

ゲート絶縁膜から
荷風の細く長い両腕が飛びだしている
これほど安易にバリアが破られ
皺だらけの手のひらで
大川の水をすくい上げられるとは思わなかった
絶縁膜の密度を単体結晶に近づけないと
浮世をあざむく荷風に寝首をかかれる

浮かぶ芥ともろともに

むされて腐れ
腐れてこゝに沈みゆく。[**]

それも良かれと
シートディスプレイに荷風の特性変化を表示する
路地からあふれた負荷電子は大川へそそぎ
荷風とともに
蛇行しながら河口へ向かって流れてゆく

桜堤をスクロールし
言問橋のゆらめきにまどろむ荷風を映しだす
乞食にも似た質素な姿に
ポリイミド樹脂を塗布し微弱な電流を流す
ゆらゆらと着物の裾が風にそよぎ

川面に触れたかどうか
画像を揺するとガラス基盤が崩れてゆき
散りゆく荷風が川のなかへ転落する

　夕暮れの風をも待たで、
　倒れ死すべき定めも知らず、***

沈んでは浮かび
冷たい電流に洗われる荷風の首
しばらくすると電圧が下がり
夕陽に映える隅田川は波ばかりになる

永井荷風　*「すみだ川」　**「掘割の散歩」　***「濹東綺譚」から引用

高分子化合物の風景

大阪北ヤードの最も高いビルから
風景にポリマーを塗布し粘着現象の推移を見つめる
御堂筋に溢れる細長い微生物のような連なり
誰のものでもない風景だから
爛熟した異物を幾重にも塗布することができる

難波橋から淀屋橋にかけて
炭素やケイ素が生き物のように重なりあい
アスファルトにへばりつくように浸透している
黒いポリマーの裏側から

高分子化合物の広がりが浮かびあがり
タールを煮つめた臭いが溢れている
思いもよらない熱さにおおのき
身を引こうとしても
粘り気のある御堂筋から動けなくなってしまう

セルロースにおおわれた堂島川から
地熱の湯気がわきあがり
ガラス張りのツインタワービルが気泡につつまれている
この空を黒く染めるために
中之島の地層をずらし地底のポリマーを攪拌する
ポリプロピレンの収縮が繰りかえされ
地中の熱源から粘り気のあるシリコン樹脂が噴射する

粘土層で爛熟をかさね

御堂筋の隙間からにじみ出る黒いポリマー
それは時間の排泄物
粘着現象に人為が付与されたもの
黒く染まり　潤みはじめた御堂筋こそ変容のあかし
これから空間がゆがめられ
御堂筋の風景は半導体の中に閉じ込められる

海の見える街

朝の鶴見駅でもつれあう眼差し
線路には小銭や煙草が散乱し
背広の男が逆さ吊りにされている
改札口に設置された酸化膜スクリーンに
この男の家族が映しだされる
光源のピントを合わせているあいだに
この男がプラットホームから突き落とされる

総持寺の坂道で
口笛を吹く裕次郎に出会う

マイクロレンズをのぞくと
二重瞼がうれしそうに開閉している
これから銀座へ行くらしい
モニターのなかでかわいい顔が笑っている

行きつけの蕎麦屋の暖簾をくぐり
ゆるりと燗酒をあおる
お猪口の底に
おぼろげな俳人の姿が浮かびあがる
入射角に差異がありすぎて
どの人物が宗匠なのかわからない
このなかに芭蕉もいるはずだ
老人の骨相を見極めるために
セルフォックの窪みに燗酒をそそぐ

海芝公園で海老をくわえ
缶ビールを飲みほす鎌倉夫人
色むらなど気にせず
赤みをおびた眼差しでレンズを見つめている
やおら着物の裾をまくりあげ
海までの周波数がわからないまま
波打ち際まで走りはじめる

大阪エレクトリックブルー

たそがれの大阪駅にそびえ立つノースゲートビルが
高輝度放電に照らされ銀色に輝いている
その頂上から放射されたブルーの螺旋が陰影をつくり
木端微塵に砕け散ったボルツマンを招き寄せる
夕闇も滑るほど磨きぬかれたメタリックスロープ
ゆるやかな曲面の先端はそり返り
いくつもの光粒子が滝のように流れている
ステンレスの感情的なキラめきに魅せられ
日暮れのミューズたちがページェントを演じている
こぼれ落ちた光粒子はスロープの底に溜まり

夕陽をあびて青紫に変色している

双頭のフェスティバルタワーから光があふれ
ガラスの壁面に白い満月が映しだされる
音楽を楽しむ牧神が夕闇のブルーにつつまれて見えなくなり
光粒子の影が陰極と陽極を行ったり来たりしている
堂島に広がる真空地帯にニトロも溶解する夜が近づいている
日が暮れるまえに堂島川の水をすくいあげ
電解質の容器にそそぎこまなければならない
ああ　まぶしすぎる夕闇のブルー
淀屋橋で炸裂した劣化ウランがアスファルトに飛び散り
超高層ビルの窓ガラスに反射している
さらに微細なウラン２３８が路上に散乱し
御堂筋はだれも歩けないほど光が乱反射している
そのなかをサーキットブレーカーに操られた

エレクトリックビークルが疾走してゆく
たそがれにふさわしいアークランプのともし火
これから先　コア沸点をこえてジルコニウムが燃焼し
堂島川は白濁に染まるかもしれない
このまま高輝度放電を続けていける電極はあるのか
日没までに水ぎわの光粒子を飲みほし
見ているだけで息が止まりそうな夕闇のブルーに身をまかす

西新宿センサーチップ

雪の降る二月の夕刻　成子天神前で
凍りつきそうな横しぐれにであう
フリーズする下り坂
おもわず吐き出したノイズが
光導波膜に吸収され
氷結したベクトルに変換される

ビルに反射した光が
雪の下にひっそりと堆積している
早く光が霧氷になって欲しい

軽く舞い　消えてゆく跡形
ガラス保護層を透過するたびに
光反射率は減衰し
坂道を転げるように溶けて無くなる

淀橋に明かりが灯り
暗い夕刻の標識抗体が映しだされる
雪あかりのなかに川面が浮かび
神田川の弱々しい免疫反応が露出している
汚水に震える首筋
首が落ちそうになる衝動をやり過ごし
反射光強度が弱まるのを待つ

中野坂上は雪におおわれている
ここの登りは怖い

ハーモニータワーの垂直斜面は遠くにあって
頂上は閉ざされている
凍結したアスファルトに融雪剤を散布する
路面がすべり
さらさらと転がるグロブリン
登りもここまでとあきらめ
雪のなかから手を伸ばし
西新宿センサーチップの電源を落とす

水無瀬川

秋風秋雨にからだをひたし
水無瀬川から首をもたげて月見橋を見上げると
ずぶ濡れの女が歩いている姿が見えた
うつろな瞳から微量のウランが漏れている
それを隠そうとして黒いアイシャドーをひいている
腋の下から蛍光体のしずくがこぼれ落ち
滲みでる体液を照らしている

背中を切り裂いてやる

雨に震える唇がそうつぶやいていた
ずぶ濡れの女の末路が崩れてゆく
それを見定めたいと思い
あとをつけてゆくと船小屋のほとりにたどり着いた
わたしは水草のなかに身を沈め
その姿をのぞき見ることにした
部屋には薄暗い白光ダイオードが灯り
ずぶ濡れの女は霧につつまれた鏡の前で白い肌を拭いていた
それからゆるりとサファイア基盤によこたわり
冷たいプルトニウムを飲みながら
なにか愁訴するような言葉をつぶやいていた
その顔はつぶれたイチジクのように歪んでいる
秋風秋雨が吹きぬけてゆくたびに
顔の皮膜がはがされてゆく
ここにとどまればわたしの顔もつぶされてしまう

わたしは波音をたてずに
川の底へ潜りこみ
体温が失われてゆく冷たさに耐えた
そしてそのまま月見橋のたもとへ帰ることにした

首を絞め上げてやる

声をかけられて後ろを振り向くと
ずぶ濡れの女が身をのりだしてわたしの首に手をかけている
その細い指先から誘導電流が流れ
わたしはそのまま水無瀬川の底へ引きずり込まれた

岸田裕史『水のなかの蛍光体』によせて

メカニズム言語との調和という重い主題を担って

倉橋健一

この詩集に先立って今夏岸田さんは『詩の彩り』という、何とも心優しいエッセイ集を刊行している。心優しいといったからって、何も人情味があるとかそんな類ではない。詩にたいして優しいのだ。思えば七〇年代、八〇年代まではたくさん居た読み手（読み手としての主体をもった読み手）を私たちが失って久しいが、岸田さんのこのエッセイ集を読んでいると、あのぎらぎらした鋭い読者がよみがえってくる。誤解を避ける意味もかねて、ここは端的にエッセイ集のいく行かを紹介しておこう。

「一九七一年十月二十日、京都駅から夜行バスに乗り東京へ向かった。乗客の多くは会社員であったが、複数の学生の足元にはヘルメットが転がっていた」早大生の従兄の下宿にたどり着くと、そのままその日の夕刻にはデモにくわわって逃げまわっている。他のところではこう書きとめる。「私は三八年会社員として過ごしてきたので、頭の先から尻尾までサラリーマンの血が脈々と流れている。（…）私が詩を読み始めた学生の頃には、会社や会社員を扱う現代詩はほとんどなかった」そんな彼はじゃあいつ詩に接したのだろう。「私が現代詩にふれたのは四十年以上前のことで、（…）吉岡実『僧侶』を読み、こんな不気味な詩を書く人がいるのかと驚き、自分もこの様な詩を書いてみたいと思ったのが最初であった」

これでもう十分だろう。ありていにここから詩を書く彼の立ち位置を憶測するなら、もっともラジカルな詩に出会いながらみずからはサラリーマンに徹して、しかしその間をひとりの読み手として一貫して過ごしてきたことである。私がこのエッセイ集にかかずらって長々書いているのは、この読み手としての立場から放たれる詩にたいする回想録がきわめて生気に満ちているからで、ここにかつて同志社大学にあって佐々木幹郎らに一歩おくれて立ちあった詩的世代であることをつけくわえればもう足りる。とにかく読み手に徹しながら三十八年間、しかし一刻も詩を手放してはいないのである。その一点から眺めるなら、前詩集『メカニックコンピュータ』に続いて今回のこの『水のなかの蛍光体』は、経歴という視点からすれば、詩への帰還をはたしつつある詩集といえる。同時に先に紹介した本にあった会社や会社員を扱うことのほとんど少なかったことにたいするみずからの本格的な措定詩集であるともいいうる。

紙面のつごうもあって要約していってしまえば、彼のサラリーマン生活はメカニックなものエレクトリックなものに囲まれたものだったが、彼はその経験を眞正面に据え、そこから詩の言葉とメカニズム言語との調和というアクチュアルな主題に立ち向かっているということである。たとえば三つのパートの内第一のパートの詩の主題は闘病譜である。「あの沼のほとり」では造影剤の入射によって無意識界が対象化される。そこでリズムの根柢をなすのは、「バリア」「微量のパルス」「高温プラズマ」「磁界の限定」「電磁誘導体」などのメカニズム語彙である。そこから独特に乾いた抒情が約束される。戦後詩とはひと味もふた味もちがう回路での意味の回復を担っているともいえる。まぎれもなく今日の現代詩に新風を送り込む一冊といっていいだろう。刺激的なよい読み手に恵まれることを祈ってやまない。

二〇一〇年霜月《ブリュメール》

励起エネルギーの吸収と放散、そしてその寿命

田中庸介

フェティッシュなテクノロジー　本書は、サイバーパンクと呼びたいほどSFチックなテクノロジーに満ちた詩を書き続ける著者の第三詩集である。七〇年代詩人たちとの思い出をつづった『詩の彩り』とほぼ同時に刊行された本書は、現代詩への逆襲ともいえる質量を得ている。一読すれば気づくように、生体画像診断・放射線医学や電気電子工学・有機無機化学などの硬質なテクニカルタームと抒情的な文体が相まって、えもいわれぬフェティッシュな詩語の興奮を高めていく。「葦原の茂みにニトロの廃液があふれ／水辺が濃紺に染

まる」（「水辺の空」）などという詩句は、かつて「ユーフアウシヤのやうなとうすみ蜻蛉が風に流され／硫安や曹達や／電気や、鋼鉄の原で」（「葦の地方」）とうたった小野十三郎の世界を髣髴とさせる。

水と悔恨　本作のもうひとつの特徴は「水」の徹底的な多用である。表題作「水のなかの蛍光体」を擁する第Ⅰ部、「隅田川シートディスプレイ」からはじまる第Ⅱ部、一転して「溶解」「液体」「秘密」等のあえての素っ気ないタイトルが並ぶ第Ⅲ部を通して、水、雪、川、暗渠などの詩が徹底的に敷き詰められている。「そのやわらかい色合いにふれたとき／森のなかへ落ちていくしかないと知らされた」（「夜の森へ」）とあるように、これらの水の象徴するものは、「文学」そのものの毒のような、底知れない蠱惑と、そこへと引きこまれた作中主体の悔恨であった。

呪詛と幻惑　だが、水の誘因力は内的なものだけではなく、他者からの呪詛の面持ちをはらんだ幻惑的なものでもある。それが第Ⅱ部の最後の詩「水無瀬川」でついに明らかとなる。「うつろな瞳から微量のウランが漏れている」と形容される「ずぶ濡れの女」の歩き姿。「背中を切り裂いてやる」「首を絞め上げてやる」とつぶやく「女」に呪詛され、「細い指先から誘導電流が流れ／わたしはそのまま水無瀬川の底へ引きずり込まれた」。「誘導電流」とは、コイルの中に磁石を抜き差しして発生する電流。だが、ここでの使い方は背筋にぞくりと来る。

暴力と解体　第Ⅲ部において作中主体は、この文学的幻惑に対してあらん限りの暴力と解体をもって抵抗する。「青臭いジメチルアミンの膨らみ」をやさしくこする性的な営みや、スタンガンならぬ「重粒子線の銃口」「レーザ光」の照射によるテクノ殺人。やがて幻想はほどけて「放射性ヨウ素」や「セシウム」の現実へと読者は呼び戻されるとともに、「中也や朔太郎」「達治と道造」「賢治」「順三郎」の名が召喚され、詩はメタ詩へと解体される。

――と、整理してはみたけれども、本書の魅力はまだまだ計り知れない。蛍光とは、励起光によって高められた蛍光体からの光エネルギーの放散。「蛍光寿命」と呼ばれる放散時間は、放散エネルギーを受け取る別の蛍光体がそこに接近すると、短くなる。これらの詩は、読者という溶媒のなかで、どんな蛍光体とめぐり合うだろう。ぜひ作者のたくらみを存分に楽しんでいただきたい。

Ⅲ

溶解

フラスコのなかで
アルカリ溶液が融けはじめ
薄い皮膜の隙間から
青紫の混合ガスが噴きだしている
この腐った臭いを肺の底まで吸いこみ
つづけて黄鉛を口にふくむ
したたる水銀のよだれ

フラスコを温め
生体膜が崩れていく様子を見つめる

波うつ粒子が螺旋を描いて沈んでゆく
あやふやな組成はいつものこと
金属塩の白い粉を積みあげても
もとの酸化クロムには戻れない
その先に広がる暗い澱みをかき混ぜ
わずか一滴　ブルートパーズのインクをたらす
とび跳ねた飛沫を舐めると
いつまでも舌先に苦みが残る
それから水酸化リチウムを濾紙にひたし
生きているイオンを抽出する

もう終わりが近づいている
指先を塩酸にひたし
皮がむけてから硝酸をそそぐ
ゆっくりと時間をかけて

ニクロム酸カリウムをあたため
ノドの奥までたらしこむ
つづけて酸化クロムを口もとへはこぶ
フラスコの光がゆらめいては消え
暗い澱みのなかで指先の痙攣がつづく

液体

蛍光膜の肌ざわりや
光触媒のゆらめきにまどろみ
尿素をまぜたアンモニアの溶液をあびる
体内のアセトアルデヒドが収縮し
糸をひきながら粘り気のあるエタノールがにじみでる
しばらくすると身体のなかにぬくもりが広がり
交換神経をゆるめて
熱くなったアレルゲンの裏側を冷やす
細長い試験管のなかで

腰をくねらす生き物の集まり
あれは青色ダイオードに照らされた
微生物のような揮発性有機化合物たち
甘い香りをただよわせるトルエンを吸いこみ
気持ちよく硫化水素を吐きだしている
両性酸化物のたわわな腹ワタを見つめていると
生ぬるいグリセリンを浴びせられる

青臭いジメチルアミンの膨らみを触りたくなり
細い手を伸ばして粘膜のヒダにふれる
生き物と同じ温もりが伝わり
やさしくこすれば分解率の頂点までいきつくかと思う
よせては返す超親水
さらさらと硫化水素がこぼれだし
温かい膨らみも溶けて無くなるかもしれない

今からでも遅くはない
濡れた舌先で膨らみの先端を舐め
うるみはじめた粘膜にアンモニアをたらす
なめらかな蛍光膜がさらに艶をまし
先端から生ぐさい臭いを醸しだしている

秘密

加速器ボックスのなかで
鮮やかに熟成するシンクロトロン
そのひとつをもぎ取り
あの男に与える
すると嬉しそうに
やわらかい果肉を美味そうに食べる

そのあと炭素ビームを
あの男の顔に照射し
肉片が飛び散るのを楽しむ
生あたたかい固まりが足もとに落ち

ぬるぬる動いている
匂い立つスキャニングテーブル
照射熱の限界をこえて
いきつくところまで放射線量を絞りこむ
それからうなじにウランを塗り
産毛におおわれた背筋にブドウ糖をたらす
水が浸透するように
皺だらけのポジトロンがなめらかになり
皮膜から酸化物が流れでる

動いてはころがるガントリ
赤外線のビームラインをたよりに
あの男の喉元をひらく
生きながらえたエネルギーが放射され
超伝導の回転が止まる

変容

朽ちてゆく合金にしみ入る
泡のような酸化物
すでに腐蝕がはじまっているようだ
高熱に耐えられず
ソリッドステートドライブの接合部から
疲労破損の臭いがする
このまま放置すればセラミックがゆがみ
電極の先端が溶けてしまう
ぬるりと接点が動き
ハンダの依存分離がすすんでいる
接点の突起物をいじり

熱疲労の膨張を止めなければならない
とるにたらない制御のズレや
電位差はそのままにしておけばいい
露出した接点を冷やし
ソリッドステートドライブの余命をさぐる
材料特性はいつも不規則だから
曖昧な動作が続く
電圧が低下しても
カナリア回路が回復すれば余命は延びる
限界設計の
視えない限界を無視する
熱伝導の経路をたどり
傷ついた表面をやさしく撫ぜる
内側から崩れてゆく組織の変質を待ち
ほどよい時間に高圧電流を流す

射程

腹ばいになり重粒子線の銃口を
動く標的の頭頸部に向ける
照射位置を決め
スキャニング電磁石の隙間から
標的の上咽頭を狙う
重粒子線を至近距離から
咽元へ照射すれば
血や肉が飛び散るかもしれない
返り血を浴び
砕けた頭頂骨を拾うのは私だ

人の骨は重い
その重さを思いうかべて射程を決める
サンプルをスキャニングするように
気楽に　浮き浮きと
標的の急所に狙いを定めて引金を引く
重粒子線が口腔の肉をえぐり
頭頸部を貫通する
標的の足元がぐらりと崩れ
大きな身体の重心が前にかたむく
頭蓋骨底部が被曝し
咽元から血や肉が噴き出している

グラスのなかの青いプラズマ

ノイズのしずくでくちびるを濡らし
グラスのなかへ一滴のエーテルを垂らす
指先でグラスをかきまぜ
ほどよいところでひび割れた氷を口にふくむ
水滴におおわれたグラスをこすると
勢いよくアーク放電がはじまる

たちのぼるピュアモルトの香りとともに
みずみずしいノイズが気化してゆく
グラスからあふれた気泡を舌先で舐め

青いプラズマの生体を見つめる
沈むように浮かびあがり
ゆらりと消えてしまう青いプラズマ
それはつかのまの電流の乱れ
飲むほどに乳白色のシールドガスがたまり
グラスのなかで小さな爆発がはじまる
噴きこぼれた泡にまみれて
したたか酔いがまわり
ピュアモルトの甘い香りに惑わされる
意識がもうろうとして
足もとが乱れても気にすることはない
消え入るように飲みつづけていれば
からみあう身体もそのうちほどけてゆく

今宵もまた

青いプラズマがくらげのように浮遊する
もうこのあたりで
電流を止めなければエタノールが溢れてしまう
グラスのなかへガラスの棒を挿入する
やさしくかき回すと
青いプラズマが不規則にゆれ
瞼をとじるようにアーク放電が停止する

風の奏で

寄り添うように共振する俺とお前の磁界
その深い谷間に冷たい電流が流れ
双極の磁場が震えている
直列に接続された電極の先に
お前のフェライトを重ね
もたついている負荷電子を取りこむ

インピーダンスが風に吹かれて舞い上がり
夜空に広がる高周波もゆらいでいる
身をよじると放電が停止し

蛍のような水素イオンが消えてゆく
お前はただそれを見つめているだけだ

遠くのほうから聞こえるガンマ線の波音
お前は許容量を超えた電流におののき
窮屈な電磁干渉から逃れようとする
俺も漏電に惑わされているのか
跡形もなくお前のプロトコルを見失う

さらに風が強くなる深夜
お前のベクトルは風に重なり
結晶放射線の陰に隠れて見えなくなる
しばらくすると電圧が降下し
何もかもフリーズするなか
崩れかけた磁場は不規則にゆれ続けている

草木のトリクロロエチレン

トゲのある草木にやわらかい親指を刺し
青い樹液の鮮度をはかる
酸化マグネシウムが浸みこみ
網状脈の裏側まで腐りかけている
ハイドロ　ハイドロ
トゲが皮膚をつらぬき乳頭層まで達している

草木の茎にプルトニウムをたらす
白銀の触媒をまぜると
アクチノイドの増殖がはじまる

水に溶けたセシウムが土を腐らせ
層をなして堆積している
ほのかに甘いトリクロロエチレンを指先に塗り
ぬるりとしたアルミナ層に挿入する
すき間から溢れだす黒いヒ素
クチクラ　クチクラ
そのしずくを舌先でなめると意識が遠のく

地中に隠された
放射性ヨウ素の行方がわからない
ウランの同位体があるのか無いのか
カビ臭い土壌を掘り返しても
ありふれた生き物の排泄物しかでてこない
雨が降るたびに
過硫酸ナトリウムのしずくが地面に広がる

フレコン　フレコン
このまま散り果ててゆく草木の枝葉

風に吹かれる枯山水
湿った土壌の原位置浄化をあきらめ
どこにも捨てられないアクチノイドをたれ流す
この先の行く末など　どうでもいい
シリカ　シリカ
腐りはじめた落ち葉から
どろりとした揮発性有機炭素が露出している

甘い果実の臭い

埃をかぶり放置された変圧器のなかから
甘い果実の臭いが洩れている
透明で粘液質の
ポリ塩化ビフェニルが静かに息をしている
この臭いはこの世に存在しないもの
古い記憶のなかに残された裏側の臭い
ハイドロカーボンにつつまれ
変圧器に押し込められた臭いのなかに
昔の狂気が埋もれている
誰も知らない空間のなかで

揚液にまみれた発光酵素遺伝子が動いている
遠くに見える蛍のような輝き
ぽつりと光り
すぐに消えてしまう多環芳香族炭化水素類
この臭いに魅せられては遠ざかり
なんども忘れようとした
残された有機物は忘れられたことをよろこび
自らの因果を封印してきた
吹き消されるように　これから先
無いものとして在りつづける甘い果実の臭い

船を浮かべて

夕暮れになると
ホコリにまみれた電磁リレーが動きだし
実験室の片すみに隠された治具があらわになる
カビにとりつかれた機材や
ヘモグロビンが減少した試薬品など
実験の妨げになるものをすべて捨てる

中途半端な実験のはてに
先生の指が遮断機にからまり切断される
生徒の指はすでに切断されている

湿った息づかいが混じり合い
生臭いクラッシュが発生している
電圧ボリュームをいじり
夕暮れにふさわしい放電定格量を求める
気を緩めると逆潮流にみまわれ
もとの回路へ押しもどされてしまう
仮説の空転はいつものこと
言葉を選ぶ計画など立てなければよかった
夜までに生きている非同期信号をみつけ
このマイクロチップのなかに
生きたまま閉じ込めなければならない

暗くなりかけた実験室に灯りをともし
フラスコの中で衝突するビットを見つめる
負荷試験機のゲージが薄闇につつまれ

消え入るように見えなくなる
目盛りの浮き沈みだけが解析のよりどころ
まだ夜の実験まで時間は残されている
ああ　咽が乾いた
ノイズを飲みほし仮想空間に船をこぎだす
蒸し暑い天井に蓮の花が咲き
ステンレスの船が沈むように進んでゆく
やり過ごした言葉も船をたよりに追いかけてくる

エレクトロニクスの彼方へ

ジャブジャブと電流のなかで
インターリーブ変換器を洗う
スペクトル信号がひずみ
序列を整えることができなくなる
入力周波数を変えるとミリ波がこぼれる

磁気回路にとがったピンを刺し
余計なノイズを遮断する
それでも　よたよたと背中を押され
アナログ信号が流れてゆく

身もふたもなく過ぎてゆく時間
電荷が積もり
マイクロ波の干渉が止まらない
この先どうなってもいいと思い
帯域幅を広げバイアス電流を流す
真空のなかで能動素子が踊る
右にふらり　左にふらり
どこか遠くの方から
ビットの衝突する音が聞こえてくる

磁気回路にノイズを流し
分解能の帯域をさぐる
ノイズの断片を回路の隅に追いつめても
徐々に消えてしまう新しい波形
金属酸化膜から

腐りかけの電流が漏れている
なすすべもなく電流が覚えているのは
曲がりくねった回路のぬけ道
その細い道筋からエレクトロニクスの彼方へ
使い古した言葉を捨てる

クイックエミュレータ

あれも　これも
クイックエミュレータのなかへ放りこんで
中也や朔太郎が
もう　いいだろうと言うまで
言葉をかき混ぜる
タイマードライバに中也を
記憶デバイスに朔太郎を

美しい　都會　囁き　屋根　猫　雪　愛
青　降る　建築　手　過ぎ　ホテル　宵

演算速度をあげて
浮動小数点の極限を超える
煙が出るほど
言葉が発熱している
スピンする言葉の切れ目から
達治と道造の声が聞こえてくる
異種ＣＰＵの熱源である韻律の唸り

　梢　春を　追憶　翳り　音立てて　樹木
　家々　み寺　灰　風鐸　ひとと　廂　村

これでは
モジュールを壊しているだけだ
プログラム設計思想をドンデン返しにして
賢治へジャンプする

届きそうで　届かない修羅の先端
春はいつも手のなかからこぼれ落ちる

ひとつの　現象　交流　窒素　宇宙　人
命題　透明　かげとひかり　心象　地質

タイマ割込み　タイミングよく
詩いはじめる順三郎
女神の刃先がツールを突き刺し
詩は駄目かと思いながら
カウンタやレジスタを壊してゆく

ネプチュン　タイフーン　ベーラム　蛇
ギザ　ロココ　薔薇　チーズ　トリトン

壊れている回路を壊し
詩の言葉を壊す
怖い　そんなことをして得るものがあるのか
という軽すぎる疑問

コマンド　スマート　C　アルゴリズム
アプリ　チップ　レスポンス　QEMU

疑問から
離れては　戻り
言葉のなかに詩の言葉をさらす
しつこく　いつまでも　食らい付く
クイックエミュレータ

*クイックエミュレータ　機能の動作を模倣したり再現したりすること

K氏の肖像

顔の輪郭をなぜ
明暗の稜線を抽出する
その影を三次元画像に変換する
影よりも薄く上顎骨を削ると
ふっくらとした
脳幹の陰影が浮かびあがる

デジタル解析のはてに
いとおしい顔立ちが崩れ
透けてみえる頬の肉

ベクトルが中央に集まり
鼻骨の尾根を形成している
眼球など
骨の窪みしかわからない
歯茎のゆがみをそのままにして
舌先に電流をながす
唾液があふれだし
口のなかの肉片が踊る

瞼の裏側をめくり
やわらかい下垂体に針を刺す
首がぐらつき
前頭骨の痙攣がはじまる
傷口にレーザ光を照射すると
白い髄液がほとばしる

岸田裕史　きしだ・ひろし

一九五二年大阪府生
詩集
『都市のしじま』書肆水明舎・二〇一〇年
『メカニックコンピュータ』澪標・二〇一二年
エッセイ集
『詩の彩り』澪標・二〇二〇年
「イリプスⅡｎｄ」同人、詩誌「CYPRESS」発行人
〒五六九－一一二六　大阪府高槻市殿町八－二

水《みず》のなかの蛍光体《けいこうたい》

著者
岸田裕史《きしだひろし》

発行者
小田久郎

発行所
株式会社 思潮社
〒一六二―〇八四二 東京都新宿区市谷砂土原町三―十五
電話 〇三（五八〇五）七五〇一（営業）
〇三（三二六七）八一四一（編集）

印刷・製本
三報社印刷株式会社

発行日
二〇二〇年十一月三十日